*Für alle, die an ihren Schreibkünsten
zweifeln,
lasst uns gemeinsam weiter schreiben.*

Holly Alberich

Briefe an Dezember

tredition

© 2024 Holly Alberich
Coverdesign von: Susanna Schoch
Unter Verwendung der Grafiken von freepik und
unsplash
Covergrafik von: Susanna Schoch
Unter Verwendung der Grafiken von freepik und
unsplash

Druck und Distribution im Auftrag der Autorin:
tredition GmbH, Heinz-Beusen-Stieg 5, 22926
Ahrensburg, Deutschland Das Werk, einschließlich
seiner Teile, ist urheberrechtlich geschützt. Für die
Inhalte ist die Autorin verantwortlich. Jede
Verwertung ist ohne ihre Zustimmung unzulässig.
Die Publikation und Verbreitung erfolgen im
Auftrag der Autorin, zu erreichen unter: tredition
GmbH, Abteilung „Impressumservice",
HeinzBeusen-Stieg 5, 22926 Ahrensburg,
Deutschland.

Bitte achte gut auf dich selbst. Sollten Themen wie Mord oder Selbstmord negative Gefühle in dir auslösen, überlege bitte gut, ob du hier weiterlesen möchtest.

Briefe an Dezember

Vorwort

Diese Geschichte handelt von mir.

Handelt von *ihm* und auch *ihr*.

Handelt von dem, was *sie* mir gab,

was *er* mir nahm.

Handelt von allem, was ich danach bekam.

I

Brief von Fräulein Loretta Schneider
an Frau D. E. Fuchs

18. Oktober

Liebste Dezember,

nun ist es geschehen. Vater meinte nur: ‚Endlich ist die Sache erledigt'. ‚Die Sache'. Ist ihm meine Zukunft denn so unwichtig, dass er sie simpel als Sache bezeichnet? Ist meine Verlobung solch eine Nichtigkeit für ihn? Bedeute ich ihm so wenig? Glaube mir, ich würde ihn so etwas niemals fragen. Er würde mich zurückweisen. Würde sagen, ich solle nicht so viel nachdenken. Das mache mich unschön. ‚Was fällt dir ein, meine Entscheidung in Frage zu stellen', würde er sagen. Dafür kenne ich ihn zu gut.

~~Weißt du~~

Manchmal wünschte ich, ich könnte bei dir sein. Einmal meintest du in deinem Brief, das Herrenhaus sei wie ein Gefängnis. Aber ist ein Gefängnis nicht besser, als eine Leine? Sollte es dir gelingen auszubrechen, bist du frei. Meine Leine wird von Besitzer zu Besitzer weitergereicht. Jedes Mal, wenn ich mit Frau August im Park spazieren gehe und die alten Damen, mit ihren Hunden sehe, muss ich daran denken, dass ich auch so ein Halsband trage. Und obwohl meines aus Samt und Spitzenborde ist, ist es dennoch ein Halsband.

Meine Leine wird niemals reißen. Die werte Frau August gibt meine Leine an meinen Vater, wenn ich im Hause bin. Er reicht sie von Hauslehrer zu Hauslehrer, zu Frau August. Bald reicht er sie an…

O Dezember, ich weiß nicht einmal *seinen* Namen. Was, wenn *er* mich nicht ausstehen kann? Was, wenn ich *ihn* nicht ausstehen kann? Was würde es schon ändern? Vater hat meine Leine ja bereits verkauft.

Dennoch brennt in mir dieser kleine Funke an Hoffnung. Dieses kleine, unscheinbare Flämmchen hält noch immer an dem Traum fest, dass derjenige, den Vater für mich aussuchte, ein guter Mann ist. Einer, den ich lieben kann. Einer, der mich liebt. Der mich versteht und mit mir träumt und mich herausholt ~~aus diesem aus dieser~~

Du musst mich für töricht halten. Verzeih mein verworrenes Schreiben. Da klopft auch schon Frau August an meine Tür. Ich muss aufhören.

Bitte pass gut auf dich auf. Versprichst du es mir? Ich werde von dir träumen.

In Liebe,

Lore

II

Brief von Fräulein Loretta Schneider
an Frau D. E. Fuchs

20. Oktober

Liebste Dezember,

heute sah ich *ihn* zum ersten Mal. Erinnerst du dich an den schönen Mann im Park, den wir vor einigen Jahren gesehen hatten? Er fütterte einen Schwan mit Brot, mit bloßen Händen. Wir waren beide so erstaunt und fasziniert, dass wir alle Höflichkeit und Etikette vergaßen und ihn einfach beobachteten, als wäre er der einzige Mensch auf der Welt. Nur er und die Schwäne.

Genau so sieht *er* auch aus.

Er ist groß und stattlich. Mit Haaren, die so dunkel sind wie die Kohle im Kamin. *Seine* Nase ist schön geschwungen und *seine* Augen sind gräulich-grün. *Er* erinnert mich an die schwarze Katze von Frau Berthold. Gelächelt hat *er* kein einziges Mal. Ich weiß nicht, was ich von *ihm* halten soll. Ich denke, Vater wird wohl die richtige Entscheidung für mich getroffen haben. Zumindest sage ich mir das immer und immer wieder, denn die Entscheidung ist nun eine

Tatsache und ich kann nichts dagegen tun. Nichts daran ändern.

Außer zu beten.

Ich bete, dass *er* ein guter Mensch ist. Dass *er* gut zu Tieren ist, wie der Schwanenmann. Dass *er* sich um mich kümmern wird und dass ich *ihm* eine gute Ehefrau sein kann. Eine Ehefrau. Die Worte zu schreiben erscheint mir so surreal. Bin ich denn schon bereit für solch eine Verpflichtung? Ich weiß es nicht. Und es tut auch nichts zur Sache. Das ist nun mein Weg.

Wie war es denn für dich, als du geheiratet hast?

Verzeih die Frage.

Ich erinnere mich nun wieder.

In Liebe,

Lore

III

Brief von Frau Loretta Stahl an Frau D. E. Fuchs

29. Oktober

Liebste Dezember,

siehst du den Briefkopf? Frau. Nicht mehr Fräulein. Wie seltsam, findest du nicht auch? Hat es sich bei dir auch so seltsam angefühlt, als du deine Anrede ändern musstest? Als du vom Fräulein zur Frau wurdest? War es genauso... beängstigend? Die ganze Hochzeitsfeier lang dachte ich, ich würde ohnmächtig werden. Ich kam mir so töricht vor. Meine Hände waren ganz verschwitzt und ich zerdrückte beinahe die Blumen, die Frau August mir reichte. Es war eine kleine Feier. Fünfzehn Leute insgesamt. Auf meiner Seite Vater und Frau August. Auf *seiner* Seite Männer und Frauen und Kinder, die ich nicht kannte und die sich mir auch nicht vorstellten. Der Priester erklärte uns zu Mann und Frau. Dann aßen wir gemeinsam. *Er* hielt eine Rede. Sprach von Gott und guten Zeiten. Sprach von Wohlstand und erfolgreicher Arbeit. Ich schwieg, denn niemand erteilte mir das Wort. Eine *seiner* Tanten (ich weiß nicht, ob es wirklich *seine* Tante war), kommentierte mein gutes Benehmen und dass ich schönes Haar hätte. Ich lächelte sie an. Mein Vater entgegnete nur, dass meine Mutter dasselbe Haar gehabt hatte.

Ich erinnere mich nicht an sie.

Weder an ihr Lächeln, noch an ihre Haarfarbe.

Ob sie mich wohl gemocht hätte?

Er tanzte mit mir. Ein kurzer Tanz. Aber es war der schönste Moment, den ich je erlebt hatte. Das Gefühl in meinem Magen. *Seine* Hand an meiner Taille, die andere hielt meine Hand fest. Ich schwebte. Dezember, ich schwebte und sah nichts außer *seine* gräulich-grünen Augen. Und für einen Moment dachte ich, *er* sehe auch mich, denn *sein* Blick schweifte nie von meinem ab.

Für einen Moment nur fühlte ich mich so, als läge keine Leine um meinen Hals.

Als wäre ich frei.

Denkst du, ich bin töricht?

Die Zeit verfliegt beim Schreiben. Ich werde den Brief später fortsetzen.

Dezember,

nachdem die Gäste alle gegangen waren, reichte mein Vater mir die Hand. Als wäre ich nicht sein eigen Fleisch und Blut, sondern ein völlig fremdes Wesen. Er nickte nur, sagte kein Wort. Dann schloss er die Tür hinter sich und ich wusste, ich würde ihn nie wieder sehen. Für einige Sekunden nur schnürte meine Brust sich zu. So distanziert er mir gegenüber auch immer war, so kühl und berechnend, war er dennoch meine Familie. Die einzige, die ich je kannte. Ich besann mich eines Besseren, so hatte er mir doch auch viel Kummer und Tränen gebracht.

Ich dachte, vielleicht war es etwas Gutes, ihn nicht mehr zu sehen. Gleichzeitig fühlte ich mich allein und fremd in diesem neuen Haus, mit diesem neuen Menschen.

Mit *meinem* Menschen.

Ist die Ehe nicht dafür da? Dass ich *Sein* werde und er Mein?

Seine Hände waren ganz kalt, als *er* mich am Abend unserer Hochzeit in *seine* Gemächer führte. Mir wurde ein Zimmer am anderen Ende des Flures gegeben. Ein schönes Zimmer. Mit Ausblick auf den Garten. Als *er* die Türe hinter sich schloss, wurde mir auf einmal schrecklich bewusst, wie unwissend ich doch war.

Und als *er* mich berührte, merkte ich, wie sehr ich mir eine Freundin wünschte. Eine, mit der ich reden konnte. Nicht schreiben, wie ich dir schreiben kann, sondern wirkliches Reden.

Ich wünschte, ich wäre nicht allein in diesem großen Haus.

Er war nicht grob.

Aber *er* war auch nicht voller Liebe, wie die Romanhelden es sind.

Er war kühl.

Draußen war die Nacht sternenklar und ich konnte den Mond sehen. Ich stellte mir vor, dort oben zu leben und mit den Sternen zu tanzen.

Ob mir je wieder warm sein wird?

In Liebe,

Lore

IV

Brief von Frau Loretta Stahl an Frau D. E. Fuchs

01. November

Liebste Dezember,

seit nun mehr drei Tagen lebe ich in *seinem* Haus. In unserem Haus. Ich sprach diesen Satz eben laut vor mich hin. Er klingt falsch. Ist es denn unser Haus? Ich fühle mich wie ein Eindringling. Wie eine Fremde. Die Bediensteten sind zwar höflich, aber gleichauf verschwiegen und unnahbar.

Genau wie *er*.

Ich werde mich gleich ein wenig umsehen. *Er* meinte, ich dürfe mich in jedem Raum aufhalten, außer in *seinem* Arbeitszimmer. Dort hätte ich nichts verloren. *Er* arbeitet für den Bürgermeister, so viel weiß ich. Aber was genau *er* tut, hat mir niemand verraten wollen. Wir aßen dreimal gemeinsam zu Abend. Dreimal unterhielten wir uns über das Wetter und *er* beklagte sich über einen Herrn namens Alfons. Ich sog jedes Wort auf. Begierig auf Neuigkeiten, Informationen und die Möglichkeit, *ihm* zu zeigen, dass auch ich interessant sein kann. Leider zeigt *er* bisher kein sonderlich großes Interesse. *Er* nickt, wenn ich etwas erzähle und sieht mir auch immer in die Augen. Aber *er* geht nicht darauf ein. Die meisten meiner Fragen bleiben unbeantwortet.

Nun beginnt meine kleine Reise durch das große Haus.

Dezember,

zwei volle Stunden wanderte ich ziellos durch die Flure und Zimmer. Verwunderlich, wie wenig Bediensteten ich begegnete. Ich fragte mich die ganze Zeit, wer hier wohl lebte, bevor *er* Hausherr wurde. Jedenfalls fand ich ein Zimmer mit einer wunderschönen Harfe. Eine Bibliothek mit unzähligen Büchern (hier muss ich unbedingt noch mehr erkunden). Ich nahm ein Buch über Botanik mit auf mein Zimmer, da unten im Garten, trotz des Schnees, eine einzige Blume blüht, die ich bei jedem Blick aus dem Fenster sehe, aber deren Namen ich nicht kenne. Außerdem warf ich einen genaueren Blick auf die vielen Gemälde, die in den Fluren hängen. Seltsamerweise sieht *ihm* keines der Gesichter in den Portraits ähnlich. Einige Türen waren verschlossen, aber ich fand meinen Weg unter anderem in die Küche, in zwei Arbeitszimmer, vier Schlafzimmer und etliche kleinere Zimmer, die größtenteils leer stehen. Eine Treppe führt auf den Dachboden hinauf, aber ich muss gestehen, ich war nicht mutig genug, mich dort alleine hinauf zu wagen.

Dann entdeckte ich ein Stück Flur, das dunkler war als die anderen Flure und Gänge. Am Ende des Flures befand sich nur ein kleines, halbverhangenes Fenster. An den Wänden hingen wieder Gemälde, aber diese zeigten keine Menschen, nur Landschaften. In der Mitte des Flures stand eine Vitrine mit Glastüren, umfasst von dunklem, verziertem Holz. Sie war unterteilt in drei Abteile. Das untere Fach war leer. Im oberen war ein Schmuckstück eingeschlossen. Eine Halskette mit leuchtend schönen Smaragden. Das mittlere Fach jedoch hielt einen Schädel gefangen.

Ich erschrak mich zu Tode.

Du musst mich für einen unsäglichen Feigling halten, aber noch nie zuvor hatte ich einen Schädel vor der Nase. Ich kannte so etwas nur von Zeichnungen. Aus Erzählungen und Märchen vom Tod.

Er faszinierte mich. Er fasziniert mich auch jetzt, während ich dir diese Zeilen schreibe. Im Schlüsselloch steckte kein Schlüssel. Vermutlich ist das besser so. Ich sollte mir nicht wünschen, einen Schädel berühren zu können.

Das ist makaber.

Jetzt sitze ich hier an dem kleinen Schreibtisch in meinem Zimmer und warte bis *er* nach Hause kommt und wir gemeinsam zu Abend essen. Morgen möchte ich wieder durch die Flure streifen. Eine andere Aufgabe scheine ich hier nicht zu haben.

Vielleicht entwickle ich ja noch ein Herz für Botanik – apropos, ich schlage nun die Blume nach.

Dezember,

wie seltsam – ich konnte die Blume nicht finden. Keine einzige Beschriftung und auch keine einzige Skizze in dem Buch sieht aus wie diese Blume. Ihre Blüten ähneln der einer Rose, aber sie sind blau und purpur. Ich werde versuchen, sie für dich zu zeichnen.

In Liebe,

Lore

V

Brief von Frau Loretta Stahl an Frau D. E. Fuchs

03. November

Liebste Dezember,

ich wünschte, du wärst bei mir. Gemeinsam könnten wir das Haus erkunden und so tun, als wären wir Forscher im fernen Ägypten. Erinnerst du dich an das Buch, das ich als Kind so oft las? Dasjenige, welches Vater ins Feuer warf, weil er es als blasphemisch empfand und ich so weinen musste. Ich muss ständig an dieses alte Buch denken. Ich fühle mich wie ein Forscher, der seinen Weg durch eine der großen Pyramiden bestreitet. Wie eine Gefangene im Labyrinth. Aber schaffe ich es aus diesem hinaus, warten auf mich nur die Fluten.

Verzeih bitte all die Metaphern. Es ist nur alles noch sehr neu. Ich dachte, ich würde den Haushalt führen. Dachte, ich würde gesellschaftliche Abende veranstalten. Aber ich werde nicht anders behandelt als ein Kind. *Er* redet kaum mit mir. Wie soll ich mich in einen Mann verlieben, der verschlossen ist wie die Vitrine im Flur? Frau August meinte einst, die Liebe habe in einer Ehe nichts zu suchen. Ich denke, sie hat Unrecht.

Aber was weiß ich schon?

Ich vermisse dich ganz schrecklich.

Du warst mir immer die Liebste.

In Liebe,

     deine Lore

VI

Brief von Frau Loretta Stahl an Frau D. E. Fuchs

05. November

Liebste Dezember,

heute Nacht hörte ich ein Kratzen. Ich erwachte und das Mondlicht erhellte mein Zimmer, sodass ich sicher sein konnte, alleine zu sein. Zuerst versuchte ich es zu ignorieren, dachte, es müsse bald zu Ende sein. Doch das Kratzen hörte nicht auf. Meine erste rationale Vermutung war eine Maus in der Wand. So ein Herrenhaus wurde bestimmt von vielen Mäusen bewohnt. Meine zweite naive Vermutung waren Gespenster. Spukgestalten. Geister. Ich zog mir die Decke bis über die Nase und schaute in die Nacht hinaus. Dachte an meine Freunde, den Mond und die unzähligen Sterne. Sie geben mir immer Kraft. Mehr Kraft, als jedes Gebet.

‚Blasphemie', würde Vater mich nun schelten.

Aber meine Angst ließ erst nach, als sich die Nacht dem Ende neigte. Nun ist heller Tag und ich fürchte mich nicht mehr. Das Kratzen verstummte mit Sonnenaufgang.

Hiermit beschließe ich, *ihn* nachher auf das Kratzen anzusprechen. Es war so laut, *er* muss es auch gehört haben. Ich bin sicher.

Dezember,

er hörte das Kratzen nicht. Ich fragte *ihn*, ob *er* gut geschlafen hatte und *er* bejahte die Frage. Ich fragte, ob *er* schon einmal von einer Maus geplagt worden war und *er* sagte nur, dass es hier im Haus keine Mäuse gäbe. Ich fragte nicht weiter nach. Nach dem Essen ging *er* sogleich auf *sein* Arbeitszimmer und ich stahl mich in den Flur, mit der Vitrine. Ironisch, nicht? Ich fürchte mich weder vor dem dunklen Flur noch vor dem Schädel, aber vor einer winzigen Maus in der Nacht. Du fragst dich sicher, was mich so an dem Schädel fasziniert. Die Wahrheit ist: Ich weiß es nicht. Möglicherweise der morbide Gedanke an den Tod. Möglicherweise, weil der Schädel sich wie ein Verbündeter anfühlt.

Was schreibe ich da nur? Ich sollte zu Bett gehen.

Gute Nacht.

In Liebe,

Lore

VII

Brief von Frau Loretta Stahl an Frau D. E. Fuchs

09. November

Liebste Dezember,

vier Nächte schon, in denen ich dieses seltsame Kratzen vernehmen musste. Zuerst dachte ich, es bliebe bei der einen Nacht. Aber schon nach dem letzten Brief hörte ich es wieder. Das Kratzen sägt an meinen Nerven und zehrt an meiner Seele. Meine Furcht wandelte sich langsam in Frustration. Ich beschloss, den Quell des Geräusches ausfindig zu machen und schlich mich, so leise ich konnte, da ich *ihn* am anderen Ende des Flures nicht wecken wollte, durch mein Zimmer. Das Kratzen schien von einer Ecke in die nächste zu wandern. Von oben nach unten. Von links nach rechts. Es schien mich zu verspotten.

Lächerlich, nicht wahr?

Aber ich konnte einfach nicht bestimmen, woher das Geräusch nun wirklich kam. Gedemütigt kroch ich wieder unter meiner Decke. Wolken streiften am Mond vorbei und tauchten mein Zimmer in angsteinflößendes Licht.

Sobald die Sonne die ersten Strahlen gen Erde schickt, stoppt das Kratzen. Das ist alles, was ich bisher weiß. Ich fürchte mich, Dezember. Obwohl mein Vater Aberglaube immer als ketzerisch beschimpfte, fürchte ich mich nun vor bösen Geistern.

Je weniger ich schlafe, desto mehr zieht mich der Schädel in seinen Bann. Da die Bediensteten sich nicht in diesen Flur begeben (so viel stellte ich unterdessen fest), kann ich dort so viel Zeit verbringen, wie mir beliebt. Also saß ich dort Stunde um Stunde. Schaute in seine hohlen Augen. Schaute mir die Kette mit den Smaragden hinter dem Glas an und träumte. Die letzten beiden Tage nahm ich mir sogar Bücher mit in den Flur. Ich stibitzte einen der weichen Stühle aus der Bibliothek und brachte ihn, so leise ich konnte, in den Flur. Dort las ich dann. Zuerst leise, dann laut. Glaubst du es? Ich habe einem Schädel vorgelesen. Als könne er mich hören.

Da kommt auch schon die Kalesche. *Seine* Kalesche.

Ich frage mich, ob *er* je in den Flur mit dem Schädel geht?

Ich setze den Brief nachher fort.

Dezember,

zum ersten Mal schreibe ich dir des Nachts. Ich zündete eine der handlichen Öllampen an und setzte mich an den Schreibtisch, als das Kratzen begann. Es ist überall. Der ganze Raum ist erfüllt von dem Geräusch. Auch im Flur draußen höre ich es, aber heute Nacht fürchte ich mich weniger. Es ist Vollmond und der Raum ist erhellter denn je. Nicht hell genug, um ohne die Öllampe zu schreiben, aber hell genug, um dunkle Gedanken zu verscheuchen.

Ich wünschte, der Schädel wäre auf meinem Zimmer. Dann hätte ich einen Freund, mit dem ich reden könnte. Gesellschaft.

Vielleicht sollte ich der Maus in der Wand vorlesen? Die Nacht lesend zu verbringen erscheint mir als sinnig. Ob du deine Zeit nun lesend verbringst?

Ich wünschte, ich könnte dich sehen. Wir zwei sind doch auch nichts weiter als Mäuse in einer Wand.

Was für törichte Gedanken.

In Liebe,

Lore

VIII

Brief von Frau Loretta Stahl an Frau D. E. Fuchs

18. November

Liebste Dezember,

vor fünf Tagen reiste *er* ab. Ein geschäftliches Unterfangen, das *ihn* gemeinsam mit dem Bürgermeister nach H. führt. Jede Nacht dieses unsägliche Kratzen, das *er* einfach nicht zu hören scheint. Als ich *ihn* beim gemeinsamen Abendessen wieder darauf ansprach, sah *er* mich an, als wäre ich von Sinnen. Darum beschloss ich, es nicht noch einmal zu erwähnen. Am Tage erkunde ich das Haus. Lese meinem Schädel vor und beobachte die blaue Blume im Garten. Ich wünschte, ich dürfte hinaus gehen, aber *er* sagte mir, es sei zu kalt im Schnee und dass ich mich nur erkälten würde.

Jetzt, da ich auch abends alleine bin, fühle ich mich noch verlorener. So distanziert *sein* Verhalten auch ist…

Es ist besser als die Einsamkeit.

Bist du einsam?

Heute fand ich in einem der unver-schlossenen Arbeitszimmer ein Bündel mit Schlüsseln. Ich versuchte sie alle am Schloss der Vitrine, aber leider erfolglos. Außerdem fand ich ganze neun weitere Bücher über Botanik. Meine Suche nach der Blume geht weiter. In einem Raum, dessen Fenster sich gen Südwesten richten, fand ich eine Schatulle mit allerlei Schnickschnack. Ich frage mich, wem sie gehörte. Außerdem fand ich einen Vogelkäfig. Dieser war natürlich leer. Was für ein Vogel wohl darin gehalten wurde? Er war gesäubert und gab mir keinerlei Hinweise auf den Vogel. Also streifte ich an den etlichen Gemälden vorbei, in der Hoffnung, eines davon würde einen Vogel zeigen. Ebenfalls erfolglos. Allerdings fand ich ein neues Gemälde, das mir davor nie aufgefallen war.

Es zeigte eine wunderschöne Frau mit rabenschwarzem Haar und dunklen Augen. Sie trug ein dunkelgrünes Kleid und Perlenohrringe. Ihr Blick war genauso kalt wie *seine* Hände, wenn *er* mich berührt. *Er* berührt mich nicht oft. Dafür bin ich dankbar, denn ich finde weder Gefallen noch Trost in *seinen* Armen. Das Portrait der Frau ließ mich nicht mehr los. Ich taufte sie Magda.

Ich stellte mir vor, wie sie in dem großen Saal des Herrenhauses tanzte. Ihr Tanzpartner war der Schädel. In meinen Träumen gab ich ihm Körper und Geschick. Aber kein Gesicht. Nur den Schädel. Wie er wohl heißt? Magda und er tanzen die ganze Nacht durch meine Träume. Die Musik ihres Totentanzes übertönt das Kratzen der Maus.

Ist der Tod leise? Oder spielt er Musik?

Ich vermisse dich.

Deine Lore

IX

Brief von Frau Loretta Stahl an Frau D. E. Fuchs

22. November

Liebste Dezember,

ich halte die Geräusche nicht mehr aus.

Müdigkeit übermannt mich. Meine Lider, so schwer.

Ich habe es satt, allein zu sein.

Wärst du nur bei mir... Wieso, Dezember? Ich frage dich hundertfach. Wieso?

Dezember. Dezember, ich vermisse dich.

Dezember. Dein Name, wie ein Gedicht.

Dezember.

Es tut mir so schrecklich Leid...

Für immer.

Deine Lore

X

Brief von Frau Loretta Stahl an Frau D. E. Fuchs

25. November

Liebste Dezember,

heute Nacht fand ich endlich den Quell des Kratzens. Und kannst du es glauben?

Es ist keine Maus.

Es ist eine Ratte.

Lass mich dir beschreiben, was geschah.

Als ich nachts erwachte und das Kratzen mich beinahe in den Wahnsinn trieb, beschloss ich, all meinen Mut zusammenzunehmen und die Maus zu suchen. Mittlerweile war mir nämlich bewusst geworden, dass sie im Stockwerk über mir sein musste. Genau dort, wo sich mein allerliebster Schädel befand. Ich schlich mich also auf leisen Sohlen hinaus. Das Mondlicht war mein Freund und erhellte die Flure, sodass ich mich gut zurecht fand. Ich folgte meinem Gehör. Das Kratzen erschien mir nun weniger gespenstisch, sondern wie ein Lockruf. Es lockte mich an. Führte mich die Treppen hinauf. Schnell fand ich mich vor der Tür, die mich von dem dunklen Flur trennte. Wie oft schon hatte ich mit dem Gedanken gespielt, nachts zu meinem Schädel zu schleichen. Er musste sicher einsam sein.

So wie ich.

So wie du.

Ich drückte die kalte Türklinke herunter. Reue schlich sich durch meine Adern, dass ich weder Öllämpchen noch Kerze bei mir trug. Das Kratzen wurde lauter. Ob die Zähne des Schädels wohl klapperten? Ich kniff die Augen zusammen, als ich an der Vitrine vorbeihuschte und den Vorhang des halb-verhangenen Fensters ganz beiseite schob. Das Mondlicht verneigte sich höflich vor mir und trat ein.

Dort saß sie. Die kleine pechschwarze Ratte. Sie schabte und kratzte am Holzfuß der Vitrine. Wie unaufmerksam ich mich fühlte, dass mir die kleinen Spuren, die ihre Krallen am Holzfuß der Vitrine hinterließen, nie aufgefallen waren. Obwohl ich eben noch an ihr vorbei- gehuscht war, schien sie mich nicht wahr- zunehmen. Sie kratzte weiter, bis ich mich neben sie kniete.

„Hallo", sagte ich ganz leise. Ich dachte, sie würde davonrennen, doch sie verharrte in ihrem Kratzen und blickte zu mir auf. „Möchtest du in die Vitrine?", fragte ich. Ihre kleinen Krallen arbeiteten weiter. Aber da ich keinen Schlüssel besaß, konnte ich dem Tierchen nicht helfen.

„Wenn ich den Schlüssel hätte, könnte ich dich hineinlassen."

Dezember, in dieser Sekunde wusste ich, dass die Ratte mich verstand. Sie spitzte die Ohren und rannte, so schnell sie ihre kleinen Ratten-füßchen tragen konnten hinaus in den anliegenden Flur. Verwundert, aber neugierig, folgte ich ihr. Vor einer verschlossenen Türe hielt sie inne. Die Tür führte zu dem Raum mit dem Vogelkäfig. Ich öffnete sie.

„Hier ist kein Schlüssel", wisperte ich. Doch die Ratte wusste es besser. Sie kletterte leichtfüßig an einem der Regale hinauf, die vollgestopft waren mit alten Büchern und Schriftstücken. Dann begann sie an einem der Bücher zu kratzen. Es war ein sehr schönes Buch, in grün gefärbtes Leder gebunden. Als ich es herauszog und öffnete, konnte ich meinen Augen kaum glauben. Das Buch war hohl. Wie eine Schatulle. In seinem Inneren befanden sich drei zusammengefaltete Notizen und ein Schlüssel.

Den Schlüssel in meinen Händen zu halten fühlte sich ganz ungewöhnlich an. Ich wusste, er würde passen. Dann überkam mich die Realität.

Eine pechschwarze Ratte hatte mir den Weg gezeigt.

Verliere ich den Verstand, Dezember?

Die plötzliche Angst ließ mich nicht los und ich schlich mich samt Schlüssel und Notizen zurück auf mein Zimmer. Ich ließ die Ratte ohne ein weiteres Wort zurück. Es musste ein Traum sein. Solche Dinge geschehen nicht in der Wirklichkeit.

Nicht wahr?

Ich öffnete die Notizen nicht und steckte den Schlüssel in die kleine Schublade meines Schreibtsichs. Dann vergrub ich mich unter meiner Bettdecke und schloss die Augen, so fest ich konnte.

Aber nun ist ein neuer Tag und während ich dir diese Zeilen schreibe, liegen die Notizen und der Schlüssel neben mir. Ich werde sie nun lesen.

Dezember,

die Notizen sind mir ein Rätsel. Auf allen dreien steht jeweils eine einzige Zeile geschrieben. Ich werde sie für dich niederschreiben.

Smaragd für Leben.

Leben für mich.

Blüte für dich.

Wie kurios. Wie unheimlich. Die Schrift ist sehr elegant, darum denke ich, muss eine Frau diese Zeilen geschrieben haben. Ich frage mich, wer *sie* wohl ist. Was sich hier zugetragen hat. Ob *er* wohl weiß, wer hierfür verantwortlich war? Ich könnte sagen, ich sei zufällig auf das Buch gestoßen. Würde ich *ihm* von der Ratte erzählen, würde *er* mich für verrückt erklären. Ich erkläre mich ja selbst für verrückt. Ich werde nun Magda und den Schädel besuchen und den Schlüssel nehme ich mit.

Wünsch mir Glück.

In Liebe,

Lore

XI

Brief von Frau Loretta Stahl an Frau D. E. Fuchs

27. November

Liebste Dezember,

mit dem Kratzen der Ratte kehrte auch *er* zurück. Als ich mich gerade vom Schädel verabschiedete und mich zum Sticken ins Wohnzimmer begab, überraschte *er* mich. *Er* brachte mir Blumen. Ohne besonderen Grund. Es ist nicht einmal mein Geburtstag und dennoch brachte *er* mir Blumen.

Ich war so verwundert, Dezember. In meinem Magen machte sich dieses wohlige Gefühl breit, das ich eigentlich immer mit der Liebe in Verbindung brachte.

Denkst du, es ist möglich, dass wir uns doch noch verstehen werden? *Er* und ich?

Jedenfalls brachte *er* mir die schönsten, gelben Blumen. Ringelblumen waren es, wie ich aus den Büchern lernte. Draußen lag Schnee und *er* brachte mir die Sonne ins Haus in Blütenform. Woher *er* die Blumen hatte, vermochte ich mir nicht zu erklären. Beim Abendessen stellte ich sie in einer hübschen Vase auf den Tisch und hörte wissbegierig zu, was *er* von seiner Reise nach H. berichtete.

Wie schnell mein kleines Herz aufblühen konnte.

Dennoch, als *er* mich in der Nacht berührte, waren *seine* Hände kalt. Ich fragte mich, ob der Mond wohl auch kalt war. Ob die Sterne sich wie Schnee anfühlten.

Am Morgen verließ *er* das Haus, um zur Arbeit zu gehen. Ich schlich mich wieder zu meinem Schädel. Den Schlüssel in der Hand. Aber wieder verließ mich der Mut. Irgendetwas hinderte mich daran, die Vitrine zu öffnen. Irgendetwas hielt mich zurück.

Nur was?

Ich werde diese Zeilen morgen früh fortsetzen.

Dezember,

als die Standuhr im Wohnzimmer Mitternacht schlug, riss mich ein Druckgefühl auf meiner Brust aus dem Schlaf. Ich dachte, ich müsse sterben. Draußen tobte ein Gewittersturm. Als ich mich aufrichtete und versuchte, zu Atem zu kommen, quiekte es neben mir. Dort saß die pechschwarze

Ratte. Sie saß auf meinem Bett. Ihre dunklen Augen starrten wie kleine Knöpfe zu mir auf. Als mein Puls sich beruhigte, versuchte ich sie zu verscheuchen, aber sie blieb standhaft.

„Du willst in die Vitrine", flüsterte ich, denn das Kratzen der letzten Nächte rang mir noch in den Ohren. Doch mit dem Wissen, dass es kein Geist war, der das Geräusch verursachte, schlief ich wieder besser. Ich dachte mir, die Zeit war gekommen, mutig zu sein. Aber des Nachts?

„Kannst du nicht warten, bis die Sonne aufgeht?" Die Ratte quiekte, als wäre ich ihr auf den langen Schwanz getreten. Sie akzeptierte kein Nein. Also befreite ich den Schlüssel aus seiner Gefangenschaft in der kleinen Schublade. Ich öffnete die Tür, Kerzenhalter zu Händen, denn ohne meine kleine Lichtquelle würde ich nicht mutig genug sein. Die Ratte rannte voraus. Als ich vor der Vitrine stand, stellte ich den Kerzenhalter auf den Boden und hielt den Schlüssel fest umklammert. Ich zitterte, obwohl ich wusste, dass ich nichts zu befürchten hatte. Was sollte denn geschehen?

Die Ratte kratzte wieder am Holzfuß der Vitrine, ehe ich ein- und ausatmete, den Schlüssel ins Loch steckte und drehte.

Ein kleines Knacken hallte durch den Flur.

Ich öffnete leise die Türe. Der Schädel starrte mich an. Die Smaragdkette auf dem Brett über ihm funkelte im Licht meiner kleinen Kerze. Die Ratte zu meinen Füßen sauste ins unterste Fach. Sie kletterte an den Seitenwänden hinauf, am Schädel vorbei und zu der Kette.

Bevor die Ratte das Schmuckstück berühren konnte, fuhr ein Blitz vom Himmel und ich schrie auf, hielt mir aber sogleich die Hand vor den Mund. Ich schnappte meinen Kerzenhalter, ließ Ratte und Vitrine zurück und rannte auf mein Zimmer.

Ich weiß nicht, ob *er* mich hörte. Sollte *er* mich gehört haben, ließ *er* es sich am Morgen nicht anmerken, als *er* sich verabschiedete und zur Arbeit ging. Meine Füße trugen mich wieder hinein in den Flur. Dort stand die Vitrine offen, wie ich sie in der Nacht zuvor zurückgelassen hatte. Mein Schädel grüßte mich, wie immer. Die Ratte war verschwunden.

So auch die Kette.

Dezember, ich weiß nicht, was ich denken soll. Was ich fühlen soll. Kann eine Ratte so ein Schmuckstück überhaupt vom Fleck bewegen? Wohin hat sie es gebracht? Wozu? Oder war es einer der Bediensteten? Ich weiß es nicht. Ich weiß nichts mehr. Ich schloss die Vitrine wieder zu, ohne meinen geliebten Schädel zu berühren, und beschloss, den Flur von nun an zu meiden.

Dezember… denkst du ich habe eine Grenze überschritten?

In Liebe,

Lore

XII

Brief von Frau Loretta Stahl an Frau D. E. Fuchs

30. November

Liebste Dezember,

der Tag begann wie ein jeder. *Er* verabschiedete sich, drückte mir einen Kuss auf die Wange und verließ das Haus. Ich zog mich zuerst in die Bibliothek zurück auf der Suche, nach der blauen Blume. Wieder kein Erfolg. Sie ist mir ein Mysterium. Dann setzte ich mich auf den Boden vor die Tür zum Flur mit der Vitrine. Ich saß dort eine ganze Weile, unwissend, wie ich handeln sollte. Ängstlich vor dem, was sich hinter dieser Türe zutrug.

Ich fühlte mich wie ein Kind. Wie ein Schulmädchen. Was sollte denn schon hinter dieser Türe sein? Also biss ich mir auf die Unterlippe und öffnete sie. Die Vitrine stand dort allein und verlassen. Mein Schädel grüßte mich, wie immer. Die Halskette hinterließ eine Leere in der Vitrine, wie ich sie auch in meiner Brust verspürte. Mein Blick fiel auf die Kratzspuren der Ratte.

Zwei Tage waren bereits vergangen. Keine Spur von ihr. Kein Kratzen.

Wie kann man etwas vermissen, das einem den Verstand raubt?

Ich wünschte, *er* wäre mein Freund. Dann würde es mir besser gehen. Dann könnte ich *ihn* dem Schädel vorstellen, wir könnten gemeinsam nach der Blume in den Büchern suchen, wir könnten reden... einfach reden. Über unsere Gefühle, über unsere Wünsche und Hoffnungen und Träume.

Ich wünschte, *er* wäre mein Freund.

Stattdessen ist *er* mein Ehemann. Aber in Wahrheit ist *er* nichts weiter, als der Halter meiner Leine.

~~Soll ich weglaufen, Dezember?~~

Was für ein dummer, törichter Gedanke. Wohin soll ich denn gehen? Ich habe kein Geld, keine Arbeit, keinerlei Kenntnisse über die Welt da draußen. Ich bin auf *ihn* angewiesen für Nahrung, für ein Dach über meinem Kopf. Für die Kleidung an meinem Körper. Für Sicherheit.

Sicherheit.

Sicherheit.

Sicherheit.

Neulich sagte *er* zu mir: „Deine Stimme ist wie ein Wispern." Was soll das bedeuten, Dezember? Rede ich zu leise? Spreche ich wie ein Geist? O weh, jetzt ist das Papier nass. Verzeih bitte die Tränen. Ich bin nur... alleine.

So wie du.

Oder hast du mittlerweile Gesellschaft? Ich wünsche es dir. Von ganzem Herzen.

Irgendwann sehen wir uns wieder.

Dezember,

nachdem ich den Brief vorhin beiseite legte, sah ich eine Weile aus dem Fenster. Sah, wie die blaue Blume im Schnee blüht. Wie unerklärlich und dennoch so unfassbar schön. Es ist falsch von mir, sie besitzen zu wollen. Wer bin ich, einer Blume das Leben zu nehmen? Aber ich wollte sie gerne in meinem Zimmer haben. Zumindest einen Teil von ihr. Ich beschloss, *sein* Gebot zu missachten und hinaus zu gehen. Bisher tat ich noch nichts, was *er* nicht wollte, darum musste *er* mir sicherlich verzeihen. Oder aber, *er* fände es nie heraus? Ich dachte es würde eine große Hürde sein, hinaus zu kommen. Aber da die Bediensteten mich nie beachteten, es sei denn ich begegnete ihnen zufällig, fiel es mir erstaunlich leicht. Ich schlich an der Küche vorbei, wo sie gerade das Abendessen vorbereiteten und durch eine kleine Seitentür in den Garten hinaus. Es war viel kälter, als ich erwartet hatte, aber ich wollte ja nicht lange draußen sein. Also stapfte ich durch den Schnee, bis zu der Stelle, wo die Blume ihre Wurzeln schlug. Dezember, sie ist so unglaublich schön. Ihre Blüten sind an den Spitzen wie das schönste, tiefste Blau, dass du dir vorstellen kannst. Nach unten zum Stiel hin geht das Blau in Purpur über. Der Stiel ist oben schwarz, aber nur einen Finger breit, danach ist er grün, wie jeder andere Stiel auch. Die Schneeflocken küssten die Blüten. Es sah beinahe so aus, als würden sie eins sein. Als würden sie nicht schmelzen, sondern zur Blume gehören. Ich wollte ihr nicht weh tun, aber ich zupfte drei Blütenblätter ab und nahm diese mit auf mein Zimmer. Jetzt, da ich dir diese Zeilen schreibe, sehe ich sie mir genauer an. Der Schnee schmilzt auf meinem Taschentuch. Darauf habe ich sie ausgebreitet. Ob ich sie pressen soll, in einem Buch?

Sie fühlen sich immer noch ganz kalt in meinen Fingern an, aber ganz weich. Beinahe wie Samt. Sie duften bitter, gar nicht angenehm, wie ich vermutet hatte. Ich dachte, sie würden nach Rose riechen.

Wie schön es doch wäre, wenn ich *ihm* die Blüten zeigen könnte. Aber dann wüsste *er* von meinem Ungehorsam. Einmal fragte ich, ob *er* die blaue Blume hinter dem Haus benennen konnte und *er* verneinte nur. Ich finde es beruhigend zu wissen, dass auch *er* nicht alles weiß.

Schlussendlich sind wir doch alle nur Menschen.

Nicht wahr?

In Liebe,

Lore

XIII

Brief von Frau Loretta Stahl an Frau D. E. Fuchs

03. Dezember

Liebste Dezember,

ich muss die nächsten Zeilen so schnell verfassen, wie ich kann. Verzeih bitte meine abscheulich gehetzte Schrift. Ich muss dir die Geschehnisse der letzten Nacht erzählen. Muss sie niederschreiben, da ich fürchte sonst dem Wahnsinn zu verfallen.

Die Ratte blieb verschwunden, bis auf letzte Nacht.

Der Tag begann wie ein jeder in diesem alten Haus. *Er* ging zur Arbeit. Ich las an meinem Schreibtisch, die Blüten neben mir liegend. Stickte später ein wenig in einem der Sessel und aß eine Kleinigkeit zum Frühstück. Ich sagte meinem Schädel wider aller Dinge ‚Guten Tag' und hielt Ausschau nach der Halskette und ihrem kleinen Dieb. Mehr geschah nicht. Beim gemeinsamen Abendessen beobachtete ich *ihn*. Auch *sein* Blick lag manchmal auf mir, was mir ein warmes Gefühl in der Brust schenkte. Aber *seine* Hände sind kalt.

Sie sind immer so kalt.

Als ich mich später auf mein eigenes Zimmer begab, konnte ich nicht schlafen. Die Standuhr im Wohnzimmer schlug Mitternacht, als ich aufgab. Ich zündete ein paar Kerzen und auch das Ollämpchen an. Eigentlich wollte ich nur etwas lesen, aber meine Finger fassten unwillkürlich nach den Blütenblättern der blauen Blume. Ich hielt sie in meinen Händen, als wären sie kleine Schätze. Als wären sie das Kostbarste auf der Welt. Ihr bitterer Geruch gefiel mir von Mal zu Mal mehr. Er betörte mich. Jedenfalls begann ich nach einer Weile zu lesen. Eine Geschichte über einen Grabwächter und ein kleines, blaues Irrlicht. Ich bemerkte meinen kleinen Gast zuerst nicht, aber als die Kerzen zu flackern begannen, überkam mich eine schreckliche Gänsehaut, als würde jemand hinter mir stehen. Ich spürte heißen Atem in meinem Nacken.

Zumindest dachte ich das. Aber ich bildete es mir ein. Als ich mich umdrehte, war da niemand. Nur die Schatten, die im flackernden Licht der Kerzen tanzten.

Wie kann etwas gleichzeitig so schön und dennoch so verstörend sein? Ich konnte meinen Blick nicht abwenden. Die Schatten tanzten. Sie tanzten nur für mich.

Dann sah ich die kleine pechschwarze Ratte auf meinem Kopfkissen. Auch sie war zuerst nur ein Schatten. Aber sie nahm Form an. Fell und Fleisch und Seele. Ihre Augen funkelten. Sie wirkten beinahe menschlich.

Ich wollte den Blick abwenden, aber ich konnte nicht.

Ich konnte einfach nicht.

Die Ratte schien eine Macht über mich zu besitzen, die ich nicht zu erklären vermochte. Die Gänsehaut nahm zu. Schweißperlen bildeten sich auf meiner Stirn und in meinem Nacken. Ich wollte sie anschreien, wollte etwas nach ihr werfen. Sie solle verschwinden. Sie solle einfach verschwinden. Aber ich konnte mich nicht rühren. Sie sah mich einfach nur an. Meine Finger umklammerten die Rückenlehne meines Holz-stuhles so fest, dass die Knöchel weiß hervortraten. Meine Nägel bohrten sich ins Holz. Mein ganzer Körper versteifte. Um uns herum tanzten die Schatten ihren schaurigen Totentanz.

Wieder frage ich dich:

Ist der Tod leise? Oder spielt er Musik?

Furcht breitete sich in mir aus. Schnürte mir die Kehle zu. Umfasste mein Herz mit eiskalten Fingern. Mein Atem ging schneller. Ich wusste nicht, was mit mir geschah. Ich öffnete den Mund, aber keinerlei Töne vermochten zu fliehen. Weder Schrei, noch Fluch.

Die Ratte kam näher. Sie huschte langsam über die Bettdecke auf mich zu. Sie hielt am Fußende des Bettes an, setzte sich auf ihre Hinterpfoten und lugte zu mir auf. Sie verspottete mich. Hielt mich und meine Angst zum Narren. Ich hasste die Ratte in diesem Moment. Noch nie zuvor fühlte ich Wut, noch nie zuvor fühlte ich Hass. Doch nun brannte er in mir.

Ich wollte die Ratte erschlagen.

Mein Atmen wurde zu einem Keuchen, da öffnete sie ihren grässlichen kleinen Mund und verzog ihn zu einer teuflischen Fratze, die ich nie wieder vergessen kann. Sie schien mich stumm auszulachen. Ihre spitzen Zähne viel zu groß für den kleinen Mund. Das Grinsen zu breit, die Augen zu menschlich, die Krallen zu scharf.

Ich wollte sie nicht mehr sehen, ich konnte sie nicht mehr sehen. Tränen rannen mir aus den Augen und tropften auf mein Dekolleté.

Bin ich dem Teufel begegnet?

Bin ich verloren?

Dezember, bist du verloren?

Als die Ratte die kleinen Arme erhob und sich aufbäumte, konnte ich kaum noch atmen. Die Schatten schienen um sie herum zu kreisen. Schienen eins mit ihr zu sein.

Wie?

Wie???

Wieso, Dezember?

Als der Körper der kleinen Ratte aus seinen Nähten zu platzen schien, wurde es um mich herum schwarz. Die Schatten legten sich um mich, zerrten an meinem Nachthemd. Zerrten an meinem Haar, meiner Kehle, meiner Haut. Sie gruben sich in mich und ertränkten mich in einem Meer aus Wahnsinn.

Ich erwachte auf dem Fußboden. Neben mir die drei Zettel aus der geheimen Buchschatulle.

Smaragd für Leben.

Leben für mich.

Blüte für dich.

Dezember, was habe ich getan? Wieso nur, musste ich die Vitrine öffnen? Alles ist meine Schuld. Alles.

Ich kann nicht mehr,

aber ich muss.

Deine Lore

XIV

Brief von Frau Loretta Stahl an Frau D. E. Fuchs

05. Dezember

Liebste Dezember,

heute Nacht begegnete ich *ihr* zum ersten Mal. Der Schreck der vorletzten Nacht wog mir noch immer schwer auf der Seele. Ich tat in der Nacht darauf kein einziges Auge zu. Ich redete mir ein, es sei ein Traum gewesen. Ein Albtraum. Vielleicht ein Fiebertraum. Vielleicht hatte ich mich beim Beschaffen der Blüten erkältet.

~~Ausreden. Ausreden.~~

Ich fühle mich wohl. Müdigkeit ist mein einziger Dorn. Selbst *ihm* fiel auf, wie müde ich war. *Er* fragte, ob ich wieder das Kratzen hören würde und ich nickte nur und wechselte das Thema.

Wie könne *er* mir schon helfen?

Er mit *seinen* wunderschönen Augen und *seinen* eiskalten Händen.

Halter meiner Leine.

Bin ich undankbar, Dezember?

Bin ich eine Närrin?

Ich wusste, dass ich auch in dieser Nacht kein Auge zu tun würde. Als ich mich ins Bett legte, löschte ich jede Kerze, denn der Tanz der Flammen und der Schatten gruselte mich mehr als die Dunkelheit. Die Dunkelheit erschien mir wie eine warme Decke. Wie ein willkommenes Nichts. Eine Leere, die sich sicherer anfühlte, als das Licht.

Wieder schlug die Standuhr im Wohnzimmer Mitternacht. Ich kniff meine Augen so fest ich konnte zusammen. „Keine Ratte", flüsterte ich, „keine Ratte."

„Ich bin keine Ratte mehr", flüsterte eine Stimme zurück.

Eine Stimme neben mir.

Ich öffnete meine Augen nicht. Ich konnte nicht.

„Hab keine Angst", sagte *sie* leise.

Was für eine seltsame Aussage, von dem Wesen, das die Angst verursachte. Von der Person, die mir Schlaf und Verstand raubte. *Sie* war doch die Angst. *Sie* war meine Angst. Ich wollte die verformte, teuflische Gestalt der Ratte nicht sehen. Ich wollte nicht wissen, was geschehen war, als das Fleisch *ihr* Fell sprengte und ich einer Ohnmacht verfiel.

Aber *ihre* Stimme klang wie die einer Frau. Vornehm, tief und schön. Angenehm. Vertrauenswürdig. Warm.

„Öffne deine Augen, Loretta."

Beim Klang meines Namens zuckte ich unwillkürlich zusammen.

„Ich bin keine Ratte mehr", sagte *sie* wieder. „Versprochen."

Meine Augen öffneten sich langsam, aber ich drehte mich nicht zu *ihr* um. Stattdessen klammerte ich mich an meiner Bettdecke fest und blickte gen Mond hinauf, der sein helles Licht ins Zimmer warf und meine sichere Dunkelheit vertrieb. Die Wolken, die ihn zuvor bedeckt hatten, erwiesen sich als miese Verräter.

„Willst du mich denn nicht sehen?", fragte *sie*.

„Ich fürchte mich", flüsterte ich zurück.

„Du brauchst dich vor mir nicht zu fürchten. Ich bin wie du, Loretta. Gefangen in diesem Haus, einsam und allein. Ich wünsche mir nichts weiter als eine Freundin."

Eine Freundin, dachte ich. Wünschte ich mir denn nichts sehnlicher? Sollte ich, die ich mich mit

Schädeln anfreunde, nicht auch mit einem Rattengeist befreundet sein können?

Fühlt sich so der Wahnsinn an?

„Wie heißt du?", fragte ich *sie* leise.

„Du nanntest mich Magda", antwortete *sie*. Damit nahm *sie* mir einen Teil meiner Angst. Denn sofort füllte sich mein Geist mit der wunderschönen Frau von dem Portait. Diejenige, die ich Magda taufte. War *sie* es denn wirklich? Lebte *ihr* Geist hier im Haus mit mir? Mit *ihm*?

Langsam drehte ich mich um. Drehte mich auf meine linke Seite, weg vom Mond und den Sternen, die meine Freunde waren. Tatsächlich lag *sie* dort neben mir.

Sie. Magda. Mit *ihrem* rabenschwarzen Haar, den dunklen, unergründlichen Augen und den Perlenohrringen. *Sie* trug ein Nachthemd wie das meine, nur in dunklem Grün statt dem zarten Rosa, das ich bevorzugte. Um ihren Hals lag die Smaragdkette aus der Vitrine.

Sie war wunderschön.

„Liebste Loretta", sagte *sie* leise.

„Was bist du?", hauchte ich.

„Ich bin eine Verbündete. Eine Schwester. Eine Freundin."

Ich sah *sie* schweigend an. *Sie* sah so echt aus. Ganz und gar nicht gespenstisch oder angsteinflößend.

„Darf ich dich berühren?", fragte *sie* mich. Überrascht von dieser Frage, nickte ich nur. *Sie* berührte meine Wange. Ganz zärtlich. Ganz vorsichtig.

Und *sie* war warm.

Dezember, *sie* war so warm.

In Liebe,

Lore

XV

Brief von Frau Loretta Stahl an Frau D. E. Fuchs

13. Dezember

Liebste Dezember,

fühltest du dich schon einmal, als würdest du nah an einem Abgrund entlang spazieren? Dir ist bewusst, dass du fallen kannst, aber du nimmst die Gefahr und die Furcht nicht ernst. So fühle ich mich heute. *Sie* besucht mich jeden Tag und jede Nacht. Wir reden.

Wir reden und reden und reden.

Über belanglose Dinge, wie das Wetter und den Alltag und das Haus. Aber auch über ganz wunderliche Dinge. Über den Schädel, das hohle Buch, die Halskette. *Sie* erzählt mir alles, was *sie* weiß und ich erzähle *ihr* all meine Entdeckungen.

Dennoch…

Jedes Mal, wenn *er* gemeinsam mit mir zu Abend isst, sehne ich mich mehr nach *ihrer* Gesellschaft. *Sie* hört mir zu. *Sie* fragt mich, nach meiner Meinung, erfreut sich an meinem Wissen und an meinen Worten. *Sie* spendet mir Trost.

Sie ist alles, was *er* nicht sein kann.

Alles, was ich mir wünsche.

Aber gleichzeitig ist *sie* ein Geheimnis. Wir treffen uns nur an Orten, wo uns niemand hören kann. In dem Flur, in dem Zimmer mit dem Vogelkäfig, auf dem Dachboden. Verborgen vor der Welt.

Und nachts... nachts treffen wir uns in meinem Zimmer. Wir liegen auf meinem Bett und reden. Reden bis zum Morgengrauen. Sobald *er* aufwacht, verschwindet *sie*. Sobald *er* zur Arbeit fährt, kehrt *sie* zurück.

Ich hatte noch nie in meinem Leben so viel Spaß, es ist berauschend. Auch in der letzten Nacht war *sie* wieder bei mir. *Sie* bürstete mein Haar.

„Ich sah *ihn* mir an, deinen Liebsten", sagte *sie* leichtfertig.

Beinahe hätte ich *ihr* widersprochen. Dass *er* nicht mein Liebster war, sondern mein Ehemann.

„Du musst vorsichtig sein", sagte ich. Doch *sie* lachte nur, *ihr* leises, schönes Lachen.

„Keine Sorge, als Ratte bin ich flink." Dann fügte *sie* hinzu: „Weißt du, ich glaube ich kannte *ihn*. In einem anderen Leben."

Ich wusste nicht, was das bedeuten sollte, fragte aber nicht weiter nach. Ich würde lügen, würde ich schreiben, dass ich *ihre* Nähe nicht genoss. Ich dachte immer *seine* Nähe würde mir Kraft und Mut spenden, aber *sie* ist diejenige, die mir dieses unbeschreibliche Gefühl schenkt. *Sie* bringt mich zum Lachen, regt mich zum Nachdenken an und erlaubt mir zu hoffen.

Zu hoffen, dass doch alles gut wird.

Irgendwie.

Der Gedanke, dass Vater mir einen anderen Ehemann hätte aussuchen können, macht mich traurig, aber nicht *seinetwegen*, sondern *ihretwegen*.

„Liebst du *ihn* denn?", fragte *sie*.

„Ich weiß es nicht", entgegnete ich. Daraufhin drückte *sie* mir einen Kuss auf die Wange.

Dezember, meinst du… in einer anderen Welt, in einer anderen Zeit?

In Liebe,

Lore

XVI

Brief von Frau Loretta Stahl an Frau D. E. Fuchs

19. Dezember

Liebste Dezember,

die Zeit mit *ihr* vergeht viel zu schnell. In den Stunden, in denen *sie* nicht bei mir ist, verzehre ich mich nach *ihr* und in den Stunden, in denen *sie* mich in *ihren* Armen hält, fürchte ich jeden Augenblick, dass *sie* wieder gehen muss.

Wieso kann *sie* nicht mein Ehemann sein? Wir würden gemeinsam Feste im Haus veranstalten. Tanzen. Wir würden den Garten bepflanzen und draußen Tee trinken und Kuchen essen und die Sonne genießen. Wir würden im Park die Schwäne füttern und die süßen Enten. Wir würden keine getrennten Schlafzimmer haben, sondern jeden Moment gemeinsam verbringen. Jeden morgendlichen Sonnenstrahl einfangen. In jedem Mondlicht baden. Auch Bedienstete bräuchten wir keine, denn *sie* weiß einfach alles.

Ist das Liebe? Sollte sich mein Leben so anfühlen? Ist es das, was ich verpasse, wenn ich bei *ihm* bin? In *seinen* Armen? Wenn *er* mich mit *seinen* kalten Händen berührt...

Als *sie* in der vorigen Nacht zu mir kam, lag ich bereits unter meiner Bettdecke. *Sie* trug wieder das schöne, dunkelgrüne Nachthemd. Und den Schmuck. Die Perlenohrringe und die Halskette mit den Smaragden. *Sie* legte sich neben mich unter die Bettdecke und bereitete *ihre* Arme für mich aus. Zu Anfang hielten wir noch etwas Abstand, aber seit einigen Tagen schon streifen meine Finger die *ihren*, oder *ihre* Hand ruht auf meiner Taille. Nachts bereitet sie *ihre* Arme für mich aus, sodass ich bei *ihr* schlafen kann. Meine Wange ruht auf *ihren* Brüsten. *Sie* küsst mich immer auf den Kopf, streichelt mein dunkles Haar, flüstert mir Komplimente zu. Erzählt mir Geschichten.

Ich könnte *ihr* stundenlang zuhören.

Auch in der vorigen Nacht erzählte *sie* mir von magischen Wesen und verhexten Gegenständen. Von Engeln, die Hexen hassen und von Blumen, die Blut trinken. *Sie* erzählte mir auch von der Blume draußen. Von der blauen Blume. *Sie* nannte mir den Namen, aber ich weiß nicht, wie man ihn schreibt. *Sie* sagte mir, dass die Blüten der Blume ein Gift enthalten, aus dem, sobald man sie wie Tee aufkocht, eine Mordwaffe wird.

Wie aufregend, dachte ich nur.

Als ich beinahe eingeschlafen war, löschte *sie* das Licht der Kerze und der Mond deckte mich mit seinen Strahlen zu. Aber diesmal zog *sie* mich nicht enger an sich, um ebenfalls zu schlafen. *Ihre* Finger zogen Kreise auf meinem Arm. *Sie* beugte sich zu mir herab, ich rutschte etwas zur Seite, sodass *sie* Platz direkt neben mir fand, aber *sie* zog mich sofort wieder an sich. *Ihre* Fingerspitzen streichelten meine Wange.

Ich wusste nicht, wie mir geschah, aber ich wusste, was ich wollte.

Meine Lippen fanden die *ihren*.

So sanft.

So sanft, bis sie es nicht mehr waren, sondern gierig. Ich hatte nie zuvor Gier verspürt, aber in jenem Moment wollte ich mehr. Wollte *sie*.

Und *sie* wollte mich.

Ihre Hände waren so warm, Dezember. So warm und einfühlsam.

Bei *ihr* werde ich nie wieder die Kälte fühlen.

Ich hoffe, auch du hast jemanden bei dir, der dich in seinen Armen hält.

In Liebe,

Lore

Brief von Frau Loretta Stahl an Frau D. E. Fuchs

23. Dezember

Liebste Dezember,

der Schädel heißt Oktavius. Was für ein kurioser Name. Er passt zu ihm. Er steht ihm gut. *Sie* meinte, sie kannte ihn vor vielen, vielen Jahren, als er noch Herr dieses Hauses war. Als er damals prunkvolle Bälle veranstaltete und Gesellschaften gab, die *sie* mir so ausschweifend beschrieb, dass ich mich fühlte, als wäre ich dort.

Ich wünschte, ich wäre dort. Wie schön muss es zu jener Zeit gewesen sein?

Und der Gedanke, mit den beiden zu tanzen? Nichts erfüllt mich mehr mit Glück. Eines Tages möchte ich auch mit *ihr* durchs Haus tanzen, wenn wir uns nicht vor fremden Augen schützen müssen. Wenn *sie* kein Geheimnis mehr sein muss.

Aber wie kann ich mir solche Hoffnung erlauben? Hoffnung, wo keine ist, ist nichts weiter als süße Grausamkeit. Keine Möglichkeit besteht, die so etwas zulassen würde. Die Welt lässt es nicht zu.

Und *sie* ist so zart.

~~Und ich bin~~

Jedenfalls flüchte ich mich weiter in meine Träume. Wenn ich in *ihren* Armen liege und träumen darf, geht es mir gut.

Es geht mir so gut, dass es mich ängstigt.

Kennst du dieses Gefühl?

In Liebe,

    Lore

Brief von Frau Loretta Stahl an Frau D. E. Fuchs

25. Dezember

Liebste Dezember,

heute Nacht redeten wir über meinen Vater. Die Gedanken an ihn schmerzten, aber es tat mir dennoch gut, sie auszusprechen. Ich habe noch nie offen über ihn gesprochen, nicht einmal mit dir, obwohl du immer an meiner Seite warst.

In gewisser Weise erinnert *er* mich an meinen Vater. Auch *er* ist nie zuhause. Auch *er* scheint mich nicht wahrzunehmen. Auch wenn *er* sich mir langsam mehr öffnet, ist da diese Kälte, diese Distanz in *seinem* Blick, in *seiner* Haltung. In *seiner* Berührung.

Sie sagt, ich solle mir den Kopf nicht über *ihn* zerbrechen.

Er sei kein Zuhause für mich. *Sie* flüsterte mir zu, dass ich mehr verdient hätte, als nur eine schöne Puppe zu sein, die man bei sich im Haus einsperrt und ab und zu aus dem Regal nimmt. Sie meinte, der dritte Platz in der Vitrine – welcher bisher leer war – solle nicht für mich sein.

Niemals solle ich in eine Vitrine gesperrt werden.

Sie scherzte, dass wir *ihn* ganz aus meinem Leben verbannen müssten. Aber ich lachte nicht, denn in *ihrem* Blick lag eine Seriösität, die mich erschaudern ließ.

War *sie* denn zu so etwas fähig?

War ich es?

Ist das Liebe, Dezember? Die Zeit vergeht wie im Flug und dennoch kenne ich *sie* erst seit wenigen Wochen. Ich kann mir ein Leben ohne *sie* nicht mehr ausmalen. Will es nicht.

Wie trist und leer mir alles erschien, bevor ich *sie* kennenlernte. Und nun ist alles voller Farbe. Nun ist alles voller Musik.

Auch wenn *sie* mein Geheimnis ist, ist jede Sekunde des Herumschleichens besser, als eine

Sekunde ohne *sie*. Auch wenn ich für immer lügen muss... *sie* ist mir jede Lüge wert.

Muss ich *ihn* nun fürchten?

Ich wünschte, wir wären allein in diesem Haus. Nur wir beide.

Wie wunderlich das alles doch ist.

In Liebe,

deine Lore

XIX

Brief von Frau Loretta Stahl an Frau D. E. Fuchs

28. Dezember

Liebste Dezember,

ich fürchte mich nicht mehr. Alle Furcht in mir starb, als *er sie* tötete.

Sie ist tot, Dezember.

Er tötete *sie*.

Er ermordete *sie*.

„Da war eine Ratte", sagte *er* beim gemeinsamen Abendessen. Als wüsste ich das nicht. Als wäre das eine erwähnenswerte Neuigkeit für mich.

„Eine schwarze Ratte?", fragte ich und spielte die Ahnungslose.

Er schob sich die Gabel in den Mund, als würde mein Herz nicht gleich stehenbleiben. Ich hatte *sie* gewarnt. Ich sagte *ihr*, *sie* müsse vorsichtig sein.

„Keine Sorge, ich habe sie entsorgt."

„Entsorgt?", ich wäre beinahe entsetzt aufgesprungen, konnte mich aber noch zurückhalten.

„Mit einer Schaufel. Die Details sind wohl eher ungeeignet für die Ohren einer jungen Dame."

Ich nickte, legte mein Besteck beiseite und erhob mich.

„Bist du denn nicht froh darüber?"

„Froh?"

„Das Kratzen, das dich störte. Nun ist es wohl vorbei."

Ich lief ohne ein weiteres Wort auf mein Zimmer.

Mein Herz schlug mir bis zum Hals. Ich hielt mir die Hand vor den Mund, um den Schrei zu unterdrücken, der sich in mir aufstaute.

Sie konnte nicht tot sein. *Sie* durfte nicht tot sein.

Doch *sie* war es.

Ich fand *ihren* kleinen Rattenkörper im Garten, im Schnee.

Im Schnee.

Dezember, glaubst du an Gott?

Steht es mir zu, zu richten?

Denn richten, ist was ich tun werde.

Deine Lore

XX

Brief von Frau Loretta Stahl an Frau D. E. Fuchs

29. Dezember – Erster Brief

Liebste Dezember,

ich komme in die Hölle und es ist mir egal. Ich empfinde keine Furcht mehr. Ich empfinde gar nichts mehr. Die Idee für mein Vorhaben gab *sie* mir. Die blaue Blume. *Sie* hatte mir doch erklärt, was sie kann. Was die Blüten bewirken. Also zermahlte ich sie so fein, wie ich konnte. Mörser und Stößel stahl ich aus der Küche. Der bittere Geruch erfüllte mein ganzes Zimmer. *Er* würde ihn sicher mit dem bitteren Geruch von Brenn-nessel gleichsetzen.

Mir war nie bewusst, dass man den Tod servieren kann.

Als wir gemeinsam zu Abend aßen, tat *er* mir beinahe Leid. *Er* hatte *sie* mir zu Liebe getötet. *Er* dachte, *sie* sei eine Ratte. *Er* dachte, *sie* sei ein Problem.

Sie.

Wie konnte ich *ihn* nicht dafür hassen? *Er* war mir egal. *Sie* war alles für mich.

„Ich habe dir einen Tee zubereitet", sagte ich. Ich stellte die schöne Tasse mit dem filigranen Blumenmuster vor *ihm* ab. *Er* lächelte mich an, roch daran und führte die Tasse an *seine* Lippen.

Er trank.

Hast du je einen Mann sterben sehen, Dezember? Es geschah so leise. *Er* sah mich die ganze Zeit dabei an. *Sein* Blick, seine gräulich-grünen, schönen Augen, lagen bis zum Ende auf mir. Ich glaube, *er* war überrascht, dass ich, von allen Menschen, zu so etwas fähig war. *Er* sank nach vorne und mit Oberkörper und Kopf lag *er* reglos auf dem Tisch. Ich strich *ihm* das Haar aus den Augen. Hätte *sein* Tod mich erschüttern sollen?

Langsam stieg ich die Treppe zu dem Flur mit der Vitrine empor. Es würde nicht lange dauern, ehe die Bediensteten *ihn* finden würden.

Und was würde dann aus mir werden?

Das nehme ich selbst in die Hand.

Ich holte den Schädel, nahm ihn mit auf mein Zimmer und schloss mich ein.

Es ist bedeutsamer in Gesellschaft.

Findest du nicht? Immerhin warst du auch nicht allein, als es geschah.

In Liebe,

deine Lore

XXI

Brief von Frau Loretta Stahl an Frau D. E. Fuchs

29. Dezember – Zweiter Brief

Liebste Dezember,

ich hoffe sie begraben mich unter dem Apfelbaum.

Da, wo auch du liegst.

Es tut mir Leid.

Ich wollte nicht, dass es soweit kommt. Auch damals nicht.

Bitte.

Bitte.

Bitte, vergib mir…

Ich vermisse dich so schrecklich.

Aber jetzt sehen wir uns wieder, nicht wahr?

~~Jetzt ist es vorbei.~~

Der unheilvolle Tee steht vor mir.

Ob er wohl so bitter schmeckt, wie die Blüten riechen?

Ich frage mich…

Ist der Tod leise? Oder spielt er Musik?

In Liebe,

Lore

Epilog

Gedicht von L. Stahl

Kuss wie Stahl,

Herz aus Eis und Kälte,

gelegentlicher Sonnenstrahl,

dein Schleier mich umhüllte.

Doch Wolken wandern, stehen nicht,

sie ziehen ihrer Wege,

du siehst, aber verstehst mich nicht,

sperrst mich in ein Gehege.

Gefangen in Schweigen, gehüllt in Stille,

ein kleines Funkeln in tiefster Nacht.

Gesetz ist für mich nur dein Wille.

Verdirbst du mich, mit deiner Macht?

Sehe zu, beim schaurigen Totentanz.

Wünscht, ich könnt' sie wirklich hören.

Unterm Kleid ein Rattenschwanz,

kann stumme Musik mich betören?

Du nimmst mir den Wille,

nimmst, was mich am Leben erhält,

hinterlässt nur Klage und Stille.

Du bist die Axt, die dich selber fällt.

Endlich tanze ich durch das Dunkel,

tanze auf deinem Tisch und Sarg,

verstummt ist nun das elend' Gemunkel,

meine Symphonie nun frei,

die ich immer verbarg.

Ende

Danksagung

Zuerst einmal vielen Dank an das *Briefe an Dezember* Team (ja, wir sind jetzt ein Team. Assemble!):

Danke an Tine, die sich die Zeit genommen und die Mühe gemacht hat, das alles zu lesen / zu kommentieren und mir meinen Überfluss an Kommas auszutreiben (hier sind extra noch ein paar für dich: ,,,,,,,,,,,,). Ohne deine Hilfe wäre ich verloren gewesen!

Danke auch an Susi, die mir (wie auch bei *Nessel und Feder*) ein wunderschönes Cover gestaltet hat und die unersetzlich in meiner Schreibwelt ist.

Danke an Fatme, die sich ebenfalls die Zeit genommen hat, diese kleine Geschichte zu lesen und die mir spirituell neue Welten eröffnet.

Und danke an all die tollen Menschen, mit denen ich gemeinsam durchs Leben schreiten darf:

Sam, Kevin, Sabrine, Nic, Dejan, Francis, Ralf-san, Steph ❤

Ihr seid der Wahnsinn.

Hier auch ein paar Kommas für euch: ,,,,,,,,

Holly Alberich ist eine Tagträumerin, die ihre Freizeit vor der Tastatur verbringt und über Vampire, Engel und Hexen schreibt.

Ihr Ziel ist es, Vampiren zu neuem Glanz zu verhelfen.

Ebenfalls von **Holly Alberich**:

Nessel und Feder

ISBN: 978-3-38415-629-7

Zeitfracht Medien GmbH
Ferdinand-Jühlke-Straße 7
99095 Erfurt, Deutschland
produktsicherheit@kolibri360.de